WITHDRAWN

Max Bolliger
La Montaña de los Osos

Ilustraciones de Józef Wilkoń

Traducción de Mario González-Simancas

ediciones **sm** Joaquín Turina 39 28044 Madrid

Tres ositos
estaban al pie de una alta montaña.

Miraban impacientes
a la cima,
que brillaba a la luz del sol.

—¡Qué bonito debe ser estar allá arriba!
—dijeron los tres ositos—.
Vamos a intentar subir.

Y se pusieron en camino.

Mientras andaban, se iban contando historias
y cantaban canciones de osos,
y soñaban con la preciosa vista
que les esperaba en la cumbre de la montaña.

Cuando habían recorrido un buen trecho,
llegaron a un cruce de caminos.

Un sendero llevaba hacia la derecha
y el otro hacia la izquierda.

—Este debe ser el bueno
—dijo el primer osito; y miraba a la izquierda.

—No —dijo el segundo osito;
y miró a la derecha—.
Este de aquí lleva más pronto hasta arriba.

*El tercer osito, sin embargo,
no se decidía
ni por el camino de la izquierda
ni por el de la derecha.*

*Por un momento le parecía que tenía razón
el primer osito,
pero luego pensaba que no, que tenía razón
el segundo.*

Empezaron a discutir:

—Tenemos que separarnos
—dijo el primer osito.

—Sí —dijo el segundo—,
es mejor que cada uno siga su propio camino.

Se despidieron.

El primer osito echó a andar hacia la izquierda,
el segundo osito echó a andar hacia la derecha.

El primer osito se puso en marcha con decisión.

No iba tan divertido como antes,
pero se alegraba de ver las flores
y los árboles al borde del sendero.

—¡Espérame! —oyó al rato decir a alguien.

Era el tercer osito,
que trataba de alcanzarle.

Pero no lo consiguió,
porque se paraba una y otra vez
y miraba hacia atrás.

El camino se hacía más empinado, más empinado.

El primer osito
se limpió el sudor de la frente.

Pero no se dio por vencido,
y cada paso le iba acercando a la cumbre.

El sendero le llevó a través de un bosque oscuro,
le hizo pasar por una ladera llena de piedras sueltas
y por una pasarela que tenía debajo un precipicio.

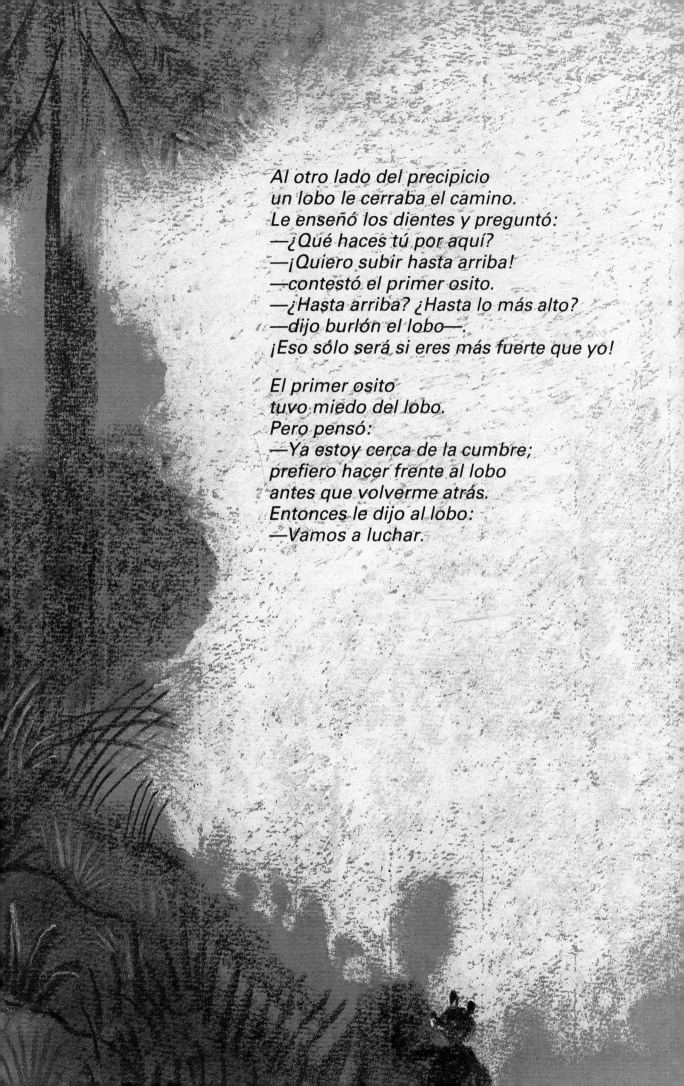

Al otro lado del precipicio
un lobo le cerraba el camino.
Le enseñó los dientes y preguntó:
—¿Qué haces tú por aquí?
—¡Quiero subir hasta arriba!
—contestó el primer osito.
—¿Hasta arriba? ¿Hasta lo más alto?
—dijo burlón el lobo—.
¡Eso sólo será si eres más fuerte que yo!

El primer osito
tuvo miedo del lobo.
Pero pensó:
—Ya estoy cerca de la cumbre;
prefiero hacer frente al lobo
antes que volverme atrás.
Entonces le dijo al lobo:
—Vamos a luchar.

Cuanto más luchaba contra el lobo,
el primer osito sentía
que sus fuerzas de oso crecían por dentro.

Y no paró hasta dejar al lobo tendido en el suelo.

—Me has vencido —dijo el lobo.

Y dejó libre el camino hacia la cumbre
al primer osito.

El tercer osito había visto al lobo desde lejos.

Se volvió atrás, corriendo lo más aprisa que pudo, hasta llegar al cruce de caminos.

También el segundo osito emprendió la marcha con decisión.

No iba tan divertido como antes,
pero se alegraba de ver las flores
y los árboles al borde del sendero.

—¡Espérame! —oyó al rato decir a alguien.

Era el tercer osito,
que trataba de alcanzarlo.

Pero no lo consiguió,
porque se paraba una y otra vez
y miraba hacia atrás.

El camino se hacía más empinado, más empinado.

El segundo osito
se limpió el sudor de la frente.

Pero no se dio por vencido,
y cada paso le iba acercando a la cumbre.

El sendero le llevó a través de un bosque oscuro,
le hizo pasar por una ladera de piedras sueltas
y por una pasarela que tenía debajo un precipicio.

Al otro lado del precipicio
un tigre le cerraba el paso.

Le amenazó con sus dientes y preguntó:

—¿Qué haces tú por aquí?

—¡Quiero subir hasta arriba!
—contestó el segundo osito.

—¿Hasta arriba? ¿Hasta lo más alto?
—dijo burlón el tigre—.
¡Eso sólo será si eres más fuerte que yo!

El segundo osito
tuvo miedo del tigre.

Pero pensó:
—Ya estoy cerca de la cumbre;
prefiero hacer frente al tigre
antes que volverme atrás.

Entonces le dijo al tigre:
—Vamos a luchar.

Cuanto más luchaba contra el tigre,
el segundo osito sentía
que sus fuerzas de oso crecían por dentro.

Y no paró hasta dejar al tigre tendido en el suelo.
—Me has vencido —dijo el tigre.
Y dejó libre el camino hacia la cumbre
al segundo osito.

El tercer osito había visto al tigre desde lejos.

*Se volvió atrás, corriendo lo más aprisa que
pudo, hasta llegar a su casa.*

*Por eso se quedó sin saber
que el primero y el segundo ositos
habían vencido al lobo y al tigre,
y que el camino de la derecha y el de la izquierda
llevaban, los dos, hasta la cumbre.*

*El primero y el segundo ositos,
cuando se volvieron a ver, fueron felices.*

*Se dieron un abrazo
y luego se quedaron maravillados de la vista
desde arriba.*

*Porque era mucho más bonita y llegaba más lejos
de lo que habían pensado.*

*—¡Qué pena que el tercer osito no esté con
nosotros! —dijeron—.
Pero vamos a contárselo todo.
Tenemos que ayudarle
a escoger su propio camino,
y a no tener miedo ni de los lobos ni de los tigres.*

Primera edición: junio 1983
Segunda edición: septiembre 1984
Tercera edición: julio 1986
Cuarta edición: enero 1989

Título original: *Der Bärenberg*

© Bohem Press, Zürich, 1982

© Ediciones SM, Madrid, 1983
   Joaquín Turina, 39 - 28044 Madrid

Distribuidor exclusivo: CESMA, S.A.
   Aguacate, 25 - 28044 Madrid

ISBN: 84-348-1153-7
Depósito legal: M-44729-1988
Fotocomposición: Grafilia, S.L.
Impreso en España / *Printed in Spain*
Omnia, S.L. - Mantuano, 27 - 28002 Madrid